私の介護八年

―死に至る病との闘い、
そして介護する側の想いとは―

大橋 悦子

文芸社

はじめに

平成二十三年十二月、六十三歳になったばかりの主人は「進行性核上性麻痺」という病名を告げられました。担当医の先生からの説明を聞いてはいるのに、なかなか私の頭の中で理解できず、先生の言葉が半分以上通り過ぎていった感じでした。でも、「進行が速い人は一、二年の間に死に至る」という説明があり、その言葉はものすごい衝撃で私の中に入ってきました。

そんなに大変な病気なの？　なんで主人が……信じられませんでした。

この日から私の人生設計が一八〇度変わっていくことになりました。

それからというもの、この病気を詳しく知りたいという思いで、インターネットで調べ、書店を何軒も回っては詳しい本を探し始めました。

「進行性核上性麻痺」ＰＳＰという病気は、「パーキンソン症候群」というくくりに入ることを知りました。

しかし、パーキンソン症候群に関する書籍で「進行性核上性麻痺」は、ほんの一ページにも満たない記載しかありません。当時は、インターネットの情報からいろいろ知ることとなりました。

これから私がどのように主人と向き合い、介護に関わっていかなければならないのか――。私の頭の中は「介護」という言葉がほぼ大半を占めるようになっていくのでした。

それから、「患者・家族会」の存在を知ることとなり、その関係の方から一冊の本があることを教えていただき、すぐに取り寄せて読み始めました。

田沼祥子さんの『フォト・ドキュメント　いのち抱きしめて』、二〇〇二年に出版されたものでした。

在宅で十三年もの間、ご主人を介護された記録で、前半の六十二頁に及ぶ写真が載っています。「この病気で重症の人を在宅で介護するという、いままでだれもできなかったことに田沼さんが努力した。かならずつぎの人の役に立つ」と主治医のコメントがあります。

私はこの言葉の通り、大変な病気なのだということを思い知らされることになります。

この田沼さんがご主人を介護された十三年間は、医療・介護サービスが施行されておらず、大変なご苦労をされています。公的援助を受けるために、役所を始め多方面に出向き交渉し、あるときはたらい回しにされたり、本当にねばり強く対応された努力には感銘を受けました。

また、驚いたことに、一週間で四〇人近くの介護の方達が自宅に出入りしたということです。

現在主人は、一週間で一〇人ほどの介護を受けていますがなんと多いことでしょう。人の出入りについては、病人は疲れますし、介護者にとっても少なからず負担があります。

この本によって、私は数多くの情報を得られ、主人の症状の変化に応じてページをめくっては参考にしていくことになりました。

田沼さんの本の初版から十五年余り経ちます。私の介護記録を記すことにより、「進行性核上性麻痺」と診断された皆さんのこれからの介護に少しでも参考になればと思い、ペンをとりました。

また、同じ病気とはいえ、症状は皆さんそれぞれ違うものなのだということも、主人を通して実感したことです。


同じ病気で苦しんでいる皆さんの一助となることを願ってやみません。

もくじ

数々の症状の出現～確定診断に至るまで

難病である「進行性核上性麻痺」という病気は、「パーキンソン症候群」のひとつに位置づけられます。

歩行の障害、転びやすさ（後ろに倒れる）、動作が遅くなり、言葉や飲み込みの障害から始まります。症状が進んでくると、眼球が垂直方向に動かせなくなり、さらに進むと、眼球は全方向に動かせなくなり、身体全体の運動機能が麻痺していきます。

そして、体幹の筋肉が固くなり頸部が後方に反り、表情がなくなり、歩くことも寝返りもできなくなります。

この病気の大変さは、何らかの症状が出てからの進行が速く、特に転びやすくなるため、家族の見守りが必要とされることです。ですが、四六時中見ていることも難しいわけで、家族にとっての負担はとても重くなります。症状が進むにつれて誤嚥性肺炎を繰り返し、六、七年の経過で命を奪われることの多い病気です。

パーキンソン病ではないかと疑われることが多く、確定診断に至るまでに時間がかかります。その間に数々の異変が表れてきます。

主人は、二〇〇九年頃から変化が出てきたように思います。初めに気づいたのは友人のＩさんです。ある夜、自宅に電話があり、「一緒に飲んでいたがどうもおかしい、話し方や動作がいつもと違っている」と言うのです。私は、主人は頑固なので、お酒も入り、いっそう強く自己主張しているのかな、ぐらいに受け止めていました。

その後、Ｉさんから二、三度電話で、検査をしたほうがいいのではと助言をいただきました。私は、その言葉を頭の片隅に入れて様子を見ようと思いながら忙しさにかまけ、しばらく何の行動も起こしませんでした。

ある日、夕食を食べている最中に主人はむせて、口から吹き出してしまいました。同様のことが何度か続きました。症状が出始めた頃だったのでしょう。


主人は学生の頃から山登りを続けており、社会人になってからは、夏になると会社の仲間の方々と出かけていました。

その年は確か北海道へ行きました。それまで主人は先頭に立って行動していることが多かったようなのですが、どうも歩き方がおかしかったらしいのです。本人は、そんな具合だったと私に打ち明けるタイプではありません。お仲間の皆さんから、早足だったり、ふらついたり、おまけに転んでしまったとあとで聞いたのでした。

この頃から、性格も異常に頑固になってきたように思います。

主人は六十三歳で仕事を辞め、「これから自分のやりたいことを」と、いろいろな方面に手をつけ始めたばかり。なんせ、じっとしていることのできない人で、一日に二、三ヵ所へ移動し、次から次へと予定をつめ込むという生活を送っていました。

家庭菜園のかたわら、農政事務所主催の「栽培収穫体験ファーム」に参加し、近くの農園までバイクで出かけていました。

その帰り道、バイクで転倒したらしいのです。これも後日、友人のFさんを通して知ることになるのですが……。

このときは、友人のFさんが一緒だったこともあり、なんとかバイクを押して帰ってきたようです。夜、私が仕事から帰ってきたときに様子がおかしいなとは思ったのですが、「たいしたことはない」と言うので、そのまま見過ごしてしまいました。ですが、後々この事故で鎖骨が折れていたことが分かりました。以来、骨が折れたままになってしまい、現在もそのままの状態です。

事故のときは、かなり痛みがあったはずですが、病院に行ったかどうかは分かりません。

また、別の日野菜の収穫体験ファームでの出来事です。畑で作業をしていたときに転んで少し手を傷めて帰ってきました。保険の手続きをするので書類に記入してくれと言うのです。その時既に字も書けなくなっていたんだと気づき愕然《がくぜん》としました。

ペンを持って書いているのですが、とても読めない字でした。このときの主人の落胆ぶりが忘れられません。毎日の生活の中で、何かができなくなっていくことへの不安を抱えては、自分自身に腹を立てているようでした。

二〇一〇年には、車を運転していてガードレールにぶつけたらしく、私に黙って修理をしていました。これもあとで分かったことです。人身事故にでもなっていたらと思うと寒気がしました。

なにしろ、頑固さは増す一方で、とても注意を受け入れてくれる人ではありませんでした。病気も進んでいたのでしょう。

それで、車の運転をやめるようにうるさく申しましたら、バイクにすると言って、自分で購入してきて以来、バイクに乗るようになったのです。

その後、徐々に手足のしびれが表れ、整形外科などを回ることになりました。ある病院では「脊柱管狭窄症」と診断され、手術を勧められたと言いました。納得がいかず、別の病院へ、また別の病院へと回っていました。ある病院ではMRI検査を勧められました。

検査をしましたが、特に問題はなかったようです。

〈歯科、眼科通い〉

その頃は、歯科や眼科にも通っていましたが、まだ一人で行動できていましたので特に付き添ってはいませんでした。

歯に関しては、後々、大変驚くことになるのですが、歯槽膿漏がかなり進んでいたらしく、ほとんどの歯がなくなっていたのでした。

現在は、右下の奥歯が一本あるのみで、入れ歯をつくってからというもの、合う合わないで何度も何度も通うことになり大変な労力でした。家から一時間以上かかる大学病院に通っていましたから、付き添いも徐々に必要になり、私の負担は増すばかりでした。

二〇一一年には、ほとんどの行動が病院通いになっていました。本人の頑固さは増すばかりで、病院の待ち時間にもときどき声を荒らげて他の方に迷惑をかけていたようです。

この頃、近くに住んでいる主人の兄がときどき病院に付き添ってくれることになり、私は大変助かりました。お兄さんはその後も何かと相談にのってくださり、感謝に堪えません。

〈眼科の先生が眼の異常を指摘〉

あるとき、お兄さんが通っている眼科に主人も一緒に行くことになりました。主人は近視と乱視がかなりひどく、若いときから眼鏡を愛用し、遠くが二重に見えると言っては怒っていました。

お兄さんはとても気さくな方で、誰でもすぐに話に引き込んではその場をなごやかにしてくれる方で、いつも感心させられています。そのお兄さんの通っている眼科ではその日、たまたま院長先生がいらしていて、主人の眼を見て異常を察したそうです。眼球が普通に動いていない、これは「進行性核上性麻痺」が疑われるので、すぐ検査をしたほうがいいと言われたそうです。

それからすぐに自宅近くの総合病院の神経内科の先生に見てもらい、ＭＲＩ検査をしました。今回も兄が付き添ってくれました。担当の先生が、画像を確認してもはっきりとした症状が分からず回答に困っている様子だったところ、兄が眼科の先生からの説明をし、「どこか異常があるはずなので、もっとよく見てください」と何度か言ったそうです。

それで、何度も何度も確認してもらい、「この辺に少し萎縮が見られるので、大学病院での検査をしてください」ということになったのです。すぐに紹介状をもらい、大学病院で検査入院をすることになりました。

〈検査入院、確定診断へ〉

二〇一一年十二月、大学病院での二週間の検査が始まりました。

その頃の主人の様子です。

足を少々引きずりながら歩き、全体的に動作はゆっくりで、手は細かいことはほぼできず、字を書いてもほとんど読めませんでした。食事はむせて吹き出すことが多く、飲み込みがうまくできなくなっていました。

そして、検査の結果はやはり「進行性核上性麻痺」でした。担当の先生から説明を受けましたが、言葉が素通りして、その場ではなかなか理解できない私でした。

ただ、すごく大変な病気で、すぐにでも命に関わる病気なのだということだけは頭に残りました。

このときの主人の気持ちはどうだったのか、思いやることもできませんでした。退院してから主人は、インターネットで調べて自分なりに理解したようでした。


〈退院時に問題発生〉


二週間の検査が終わり、退院を迎えたのですが、また問題が発生しました。

入院時、四人部屋で過ごしたのですが、隣のベッドの方が眼の不自由な方で四十代くらいだったでしょうか。その方が主人より一週間後に退院し、別の訓練施設に移ることになったそうです。それを知った主人は、自分が付き添っていくと言い出したのです。私と主人の兄は、「一人で歩くのもままならず足手まといになるだけだからやめなさい」と言ったのですが、言うことを聞かず、なんとしても付いていってあげたいというのです。

最後まで反対しましたが、主人は付いていき、そのことについてはほとんど話そうとはしませんでした。

他にもいろいろな思いがけないことがありました。これから一番心配なのが、本人がどこまで病気を受け入れ、日々の生活を維持できるのかということです。主人の頑固さは増すばかりで、私は不安だらけでした。

こうして闘病生活が始まりましたが、このときすでに症状が出始めてから二年以上が経過しているのでした。

診断から一年目～介護申請と介護サービスの利用

「進行性核上性麻痺」との確定診断を受けてからの主人は、どのような病気かインターネットで調べて、ファイルを作成し、自分なりに病気を把握したようです。同時に介護関係についても調べて、すぐ行動に移しました。地域のケアプラザへ出向き、ケアマネージャーを決めてきたのでした。

ある日、そのケアマネージャーさんから電話が入り、「これから担当させていただきますのでよろしくお願いします」と連絡があり、何も知らずにいた私は一瞬驚いたものです。

ケアマネージャーのMさんは元看護師さんで、なんと「進行性核上性麻痺」の患者さんを看護したことがあるというのです。その言葉を聞いたときは、ほっと安堵したものでした。それから、この方には、多くのことを教えてもらうことになりました。

Mさんは、「この病気は病名の通り進行が速く、早い時期に動けなくなり、嚥下障害が出てきます。これから起こりえることを予測しながら予防と生活環境を考えていきましょう」とおっしゃいました。

さっそく役所関係の手続きを進めてもらい、同時に住宅の改善、手すりの取り付けを補助の範囲内でどこまでできるか、介護サービスの利用について何が必要かなどなどを進めていくことになりました。

最初に手がけたのは、自宅の外階段に手すりを取り付けることです。八段の階段でしたが四段ずつでカーブをしているので、この手すりは後々まで役立つことになりました。この頃にはすでに一人での上り下りは危険を伴うようになっていました。

週一回、木曜日にデイサービスに行くことになり、私にとっては安心材料のひとつとなりました。これから症状が進むにつれて何度かデイサービスも変わることになるのですが、主人はそのつど特別嫌がることもなく行ってくれましたので、とても助かりました。

お風呂も自分でどうにか入りましたが、転倒をしないように椅子を購入しました。お風呂と玄関にも手すりを取り付けました。ですが、少しすると看護師さんに入浴をお願いすることになるのでした。

トイレは自分でどうにかできましたが、なにしろ動作が遅く、汚すことも多くなり、ポータブルトイレを使用するようになり、なかなか大変になってきていました。トイレの失敗談は多く、夜中まで洗濯機を回すようになっていましたので、私にとってこの頃が一番大変だったように思います。

確定診断から五ヶ月くらいは、ふとんで寝起きしていましたが、一人で起き上がるのが難しくなると手すりを借りて横に置き、使ってみたのもつかのま、ケアマネージャーさんの勧めで介護ベッドを使うこととなりました。私はすぐにでもベッドを入れたかったのですが、主人はしばらく嫌がっていました。その後、自分で起き上がることができなくなり、納得したようです。

その頃主人は一階の八畳の和室で寝ていました。周りに大きなファイルが二〇個くらいあふれていて、片付けが思うようにいかず、見送っていました。「処分していい？」と聞いても断固として「いい」とは言わず、時間をかけて処分に踏み切りました。不要なパンフレット、新聞の切り抜きをはじめ、さまざまな書類です。個人情報の印刷されたものなどは一枚ずつ確認し、シュレッダーにかけ、必死の思いで処分しました。

訪問マッサージも始めました。この病気の症状である頸部が後方に反ってくる状態もかなり進んできていたので、転倒も増えました。

「介護2」から始まった認定も、二、三ヶ月で「介護3」になり、一年余りで「介護5」「身体障害者」となり、あっという間でした。

〈サングラスをつくる〉

この頃主人は、外の明るさを嫌がり、太陽の光がまぶしいと眼の異常を訴えるようになりました。パソコンの画面もまぶしいと言っては、いらいらがピークに達して感情を爆発させるのでした。

眼科の先生に相談し、サングラスをつくることにしました。

特殊なサングラスのようで、担当の先生から別の眼科を紹介していただきました。

眼に関する症状も人により表れ方が違うそうですが、主人の場合には非常に強く出たように思われます。

自分に合ったサングラスが出来上がるまでも、またまたひと苦労なのです。

主人は歩くことはできましたが、非常にのろく、杖をついていました。眼科は、自宅から五、六分歩いて電車で二〇分、駅から七分くらいのところにあります。

ですが、あるとき、家を出てから駅まで三〇分かかり、私はいらいらしてしまいました。そのときはこんなにも歩けないのかと愕然としたものです。電車の中ではトイレに行きたいと言い出し、次の駅で降りて用を済ませ、目的地にたどり着くまでには普段の倍以上の時間を要しました。お兄さんと待ち合わせていましたが待たせてしまい、状況を説明し、本当に申し訳なく思いました。

また、診察の順番を待っている間も落ち着きがなく、立つ、座る、歩く、おまけに大きな声を出し、「他の皆さんの迷惑を考えなさい」となだめても聞き入れません。お兄さんがやっとのことで静かにさせてくれるのですが、少し時間が経つとまた始まるのです。

少し前からこんな状態だったとお兄さんに言われました。お兄さんにはたびたび病院の付き添いをお願いしていましたので、私は知らずにいたのでした。重ね重ね感謝し、恐縮するばかりでした。

特殊なレンズを試すことになり、色味の少し違うタイプのものを、外用とパソコン用と二本持ち帰りました。

デイサービスのない日にはリュックを背負い、近くの図書館を往復することにしていました。二〇分くらいの距離ですが、主人の足では到着までに一時間かかったようです。ある日、どうしてこんなにも時間がかかるのかを疑問に思い、主人が出かけてからしばらく行く先を見守っていました。サングラスをかけてゆっくりゆっくり歩を進める主人。少し歩いては立ち止まるという繰り返しでした。その後ろ姿に、たとえようもない寂しさを感じました。またこんな歩き方なので、先々、全く歩けなくなるのだろうなあと思って虚しくなりました。

主人は若い頃から眼鏡をかけていましたが、次第に眼鏡を落として壊してしまったり、レンズの度数を変えたりが頻繁になっていきます。あるときは、トイレに落としてしまい、近くの眼鏡店で消毒をしてもらうなど、いろいろな事件がありました。

まもなくして主人は、眼鏡をふたつ、身につけることになりましたが、どちらかを忘れて大騒ぎになるのでした。


〈入れ歯ができるまで〉


主人は、病気を発症する前から、虫歯の治療をしていました。かなり長い期間通っていましたので、私はずいぶんかかるなあと思っていました。

なんと歯槽膿漏で次々と歯を抜いていて、私が気づいたときは、すでに上下の入れ歯が出来上がっていました。

病気の症状が出てからの大学病院での受診は、眼科と同様に大変なものでした。ある受診日に車で行くことになったのですが、私は運転に自信は全くないので少し不安でした。でも、歩いたり電車に乗ったりしているとどれだけ時間がかかるのかを考え、車にしたのです。

後部座席に座らせ、しばらくすると、主人は私の運転に文句を言い始め、ずっと騒いでいました。私は事故を起こさないようにとそれだけを考えて聞き流すよう努力しながら運転し、なんとか無事に帰ることができました。

その後、担当の先生に相談して、その附属病院で勤務していた先生を紹介してもらいました。我が家の近くで開院されているとのことで、今までの治療を引き続きお願いすることになりました。

その歯医者さんは開院したばかり。まっ白な外壁でとてもきれいでした。車で五、六分なのは助かりましたが、筋緊張が強くなってきていたので車に乗せるのも大変でした。

診察の順番を待っている間は、相変わらず落ち着きがありません。やっとのことで入れ歯の治療を終えて帰るのですが、やっかいなことにすぐはずれて「合わない」と言い出すし、次の受診まで待てないのでした。

こんなことを何度も繰り返し、私はほとほと困り果てるのでした。

〈トイレについて〉

確定診断前から歩行がゆっくりになっていましたので、トイレに行くのも時間がかかり、たびたび失敗を繰り返していました。

ベッドの横にポータブルトイレを置いていても、自宅のトイレを使おうとするのです。

あるとき、デイサービスに行くときの小さい手さげをトイレに落としてしまい、水があふれて床がびしょびしょ。手さげにはサングラスと帽子を入れて持ち歩いていました。あまりの光景に私はどうしたものか、何から手を出そうかと一瞬、茫然としました。主人の着替えやら、廊下の掃除消毒など大変な思いをしました。汚した臭いはしみついて、なかなかとれません。仕方なく、トイレの床と壁紙を取り替えることにしました。

また、あるときは、夜中にベッド横のトイレを使おうとして転んでしまい、汚してしまった状態で動けなくなっていました。

こんなことが何度も続くことになっていくのでした。


〈何度も転倒〉


「ドン」という音がすると私は急いで主人のところへ飛んでいきます。転ぶのです。なんとか防げないかと思うのですが、不眠不休で見張ってはいられません。

ある日、私が仕事から帰ると、掃除機がゆがんで、吸い込み口が壊れていたので「転んだの？」と聞くと、認めようとはしません。

また、別の日の夜中のこと、「ドン」という音に飛び起き、下りていきました。その頃私は二階で寝ていました。主人はトイレに行こうとしたらしく、廊下で転んで、口から血が出ています。前歯を折ったのでした。まだ少し歯が残っているときでした。

転倒してしまうと、私一人で起こすのはなかなか大変で、四苦八苦しながらの対応でした。

これからのことをケアマネージャーさんと相談し、家の中にも取りはずしのできる手すりをつけることにし、ベッドからリビングの食卓まで、廊下も含めてお願いしました。

そして、ベッドの下には「足もとセンサー」を置くことに。主人が歩こうとするとセンサーが鳴るので、これは非常に助かりました。

一晩で何度も何度もセンサーが鳴り、そのたびに私は起き、かなり睡眠不足になってきていました。

ですが、転倒は続くのでした。

この頃が私にとって最も大変な時期でした。動作が遅くても自分で動くことができるので、目を離すとすぐに立ち上がり歩こうとするのです。すると転倒をして動けなくなってしまうのです。注意をすると、怒り出し、どうしようもありません。

睡眠不足は毎日続くのですが、ショートステイに行く日を待ちつつ、乗り切れたように思います。以後は、レスパイト入院にて二週間いないことが、私の体力維持につながっています。

〈身体介護について〉

この頃の主人の症状は、動作は遅く、足は少々引きずり杖をついて歩き、頸部は後ろに反っている状態で、体は、全体にこわばりがあり筋肉が固くなってきていました。

特にポータブルトイレの使用時、便座に座らせるのが一苦労でした。トイレの右前方に立ち上がりをサポートする手すりを置いてつかまらせ、少し前かがみにしておなかを押して座らせるのです。すると、身体全体が固くなり、もう座ることはできません。少し時間を待って再度、再々度挑戦してやっとのことで座ると、もはや間に合いません。

どうにもならないときは立ったままで。その頃は、リハビリパンツを使用していました。

失敗が続くと、私も強い口調で怒っていました。どうにもできないことは分かっていても。主人も複雑な表情でしたね。

頸部が反ることによって、首全体が固くなり、寝ているときは、枕が頭の強い力で押されどんなに硬い枕にしても、すぐにへこんでしまうのです。バスタオルを小さくたたんで、枕に乗せたりしてみましたが、すぐへこみます。

また、着替えの時は、寝たままで、シャツを片方ずつゆっくり脱がせ、最後に頭を持ち上げてぐらせるのです。私は、精一杯の力を出し頭を上げるのですが反発してくるようで、いつもいつも「力を抜いてよー」と怒鳴っていました。

〈担当医が代わる〉

確定診断を受けたY病院へは、二〇一二年七月まで七ヶ月間の通院でした。

この間に三月の異動により、診断から担当していただいた女性の先生が代わり、四月から男性のD先生になりました。

先生が代わるというのは、不安や緊張がわくものです。特に患者側にとっては、先生との相性が一番大きな問題です。

D先生の診察は、ほんの二、三分間です。主人の様子を見て、薬の処方をして終わるのです。こちらからの質問などで時間をとられるのが、いかにもいやそうな感じなのです。私は期待もあったので、初対面で落胆してしまいました。

それから、何度目かの「患者・家族会」で「進行性核上性麻痺」について講演会があり、参加したときのことです。

S病院の神経内科の女医さんでH先生の講演でした。お話を伺っているとなんとなく親近感を覚え、この先生なら今後のことをいろいろ相談できるのではないかと思い、病院を変えようと考えました。S病院は自宅から車で一時間。「通えるかな」とも思いましたが、今通院中のY病院も一時間弱とあまり変わらないこともあり、決心しました。

Y病院のD先生に恐る恐る話しましたらすんなり「いいですよ、では紹介状を書きますので」と言われ、変更することができました。

S病院のH先生の、「何人もY病院からこちらに来てますよ」との言葉には納得したものです。

やはりH先生は、私が思った通り話しやすい方で、何かあったら緊急で受け入れてくださるとのことで安心しました。

それから、現在まで長い年月診ていただくことになりました。

〈身体障害者になる〉

診断から一年もしないうちに介護度は進み、身体障害者になってしまいました。四肢体幹機能障害二級。ここまで一気に進むのかと言いようもない失望を覚えました。

同じ頃には、「特定疾患受給者証」もそろいました。

「特定疾患」とは、難病のうち厚生労働省が定める疾患で、患者の医療費の負担を軽減してくれる制度です。

主人が難病となり、これらのことはケアマネージャーMさんを通して知ることになりました。初めて耳にすることばかりで、改めて知らないことが多いなあと認識させられました。

病名を告げられたときの不安、加えて「身体障害者」になったときの不安、これからの生活に対する不安で、しばらくの間、私は、

「これから何をどうやって整理し、生活をしていかなければならないのか……」

考え続けました。

それでも「時は悲しみを癒してくれる」と言われるように、時間と共に、病気を受け入れられるようになっていきました。

難病なのだから、特効薬があるわけではないのだから、これからできることか

ら少しずつやっていこうと前向きに考えられるようになっていきました。

二年目～筋肉硬直、転倒

〈飲み込みにくく、むせることが多くなる〉

この頃には、飲み込みの障害が顕著に表れてきていました。ケアマネージャーの指導もあり、トロミ食をつくって少しずつなんとか自分で食べていました。

食材は市販のものを利用したり、ミキサー食にしたりして、毎食毎食の用意は時間を要しました。

そして、よだれが多く出るようになり、食事の時間は一時間を超えるようになり、むせによって口に含んだ食べ物を吹いてしまうことが増えました。そのため、テーブルに少し高めのつい立てを置くようにしてみました。椅子には深く腰かけさせ、背中から腰までを支えるように大きなクッションをはさみ込むなど、試行錯誤する毎日でした。

さらに、真下にあるものは視野に入らなくなってきて、食べこぼしも多く、お皿の配置も考えながらの食事でした。

私はまだ仕事を続けていましたので、主人の食事の用意と食べ終わるまでの間、毎日のように、早く早くとせかさざるを得ませんでした。

この頃、デイサービスは週三回で、一日は訪問看護の方にお願いしてお昼の食事を見てもらい、平日のあとの一日はなんとか自分で済ませ、午後は図書館まで往復していました。

また、デイサービスの施設にて、ショートステイを毎月一〇日くらいお願いして預かってもらうことになり、私も一息つける時間がとれて本当にありがたかったです。

初めに通っていたデイサービスの施設では、あまりに食事に時間がかかるため断られてしまいました。ケアマネージャーさんが探してくださり、ショートステイのできるところを見つけました。

この頃の私は、次々と出てくる主人の症状、行動について落ち込むことが多かったのですが、そのたびにケアマネージャーさんが手を差しのべてくださり、助言をいただき、本当にありがたいことでした。

この年の秋頃には、自宅近くの歯医者への通院もできなくなり、訪問歯科をお願いすることになりました。自宅にて「内視鏡検査評価」を行い、摂食機能を調べてもらいました。

結果は、一部誤嚥が見られ、飲み込んだものが少しのどに残っている状態でした。今後は入れ歯の調整をし、食前に口腔周囲の体操をしましょう、ということになりました。

まもなくして入れ歯も合わなくなり、はずしているほうが多くなり、さらに、全く入れないことになりました。

この頃から、体重も減っていく一方でした。

食事に時間を要するようになり、食べたいのに食べられないという現実に主人はいらだち、気持ちを爆発させることも多く、大声を出すこともありました。

私の方も同調して、ついつい大きな声で静めようとするのですがダメでした。

結局、気持ちが落ち着くのを待つしかありません。

生活していく上で、食べられないという現実を目の前に、主人は、まだまだ病気のことを受け入れられないでいるのでした。

〈介護タクシーの利用〉

介護タクシーの利用時、主人が消えました。

ある日、お兄さんと眼科で待ち合わせをしていたときのことです。

午後の一時頃にタクシーをお願いし、自宅で待っていました。「もう少しでタクシーが来るので待ってて」と、二、三度私が声を掛けて、ほんの少し目を離したすきにいなくなったのです。

タクシーは来ているのに、家中捜してもいません。タクシーの運転手さんと二人で、自宅近辺やら駅のほうやら行ってみましたが、でもそんなに早く歩けるはずはないのです。いったいどこへ行ったのやら。一時間ほど捜し、お兄さんにも連絡を入れると、やはり来てないとのこと。眼科まで遠いので行けるわけもなく、私は途方にくれました。

それでも、やはり近所で動けなくなっているのかとも思い、捜し続けました。それから三、四〇分した頃、「今、タクシーで来たよ」とお兄さんから連絡が入り、やっと肩の荷を下ろし、ひとまず休みました。

介護タクシーを待てずに自分でバス通りまで出て（自宅から二、三分）、タクシーを拾って行ったのでした。少しの時間でも待つことができなくなっていました。もともとのせっかちな性格が、症状が進むにつれていっそう増してきたように思います。

これからは介護タクシー利用時、目を離してはいけないと学習しました。

〈体幹の筋肉硬直、頸部硬直と後屈〉

主人は早い時期から頸部の硬直が始まり、それに伴って体幹の筋肉も硬直が表れました。この硬さは徐々に強くなり、現在までも続くことになり、介護をする私にとってはかなりの重労働を強いられることになっていきました。

頸部が反ってくるというのは、頭全体が後屈するので転倒しやすい状態です。

ある日のデイサービスの帰り、スタッフの方が玄関まで連れてきて靴を脱がせ、挨拶をし、ドアが閉まりました。手すりにつかまらせて、そこから私がベッドまでの一〇歩くらいを歩かせ、連れていくのです。「しっかりつかまってて」と言い、私が向きを変えようとしたとき、ドーンと転倒。頭がタイル貼りの部分にあと数センチという位置で、私はとっさに左足を出し、両手で主人の頭を抱えました。ほっとすると同時に、私の左足の甲に鈍痛がありました。一息ついてやっと主人を起こし、ベッドへ連れていきました。

私の足は腫れ、靴がはけなくなってしまいました。整形外科へ行くと、打撲の診断。完全に痛みがなくなるまで三週間もかかってしまいました。

別の日、デイサービスに出かける朝のことです。必ず、トイレを済ませてから行くようにしているのですが、トイレに座らせようとすると体が硬く棒みたいで腰が曲がらないのです。「力《ちから》を抜いてー」と何度言っても自分ではどうにもならないようです。一度、力《ちから》が加わるとしばらく抜けません。

こんな状態が続くようになり、トイレのあとは全部着替えるために、朝は時間との闘いでした。この緊張は、着替えのときをはじめ、すべてにわたり大きな影響を与えて、私の体力を奪うこととなっていきました。

この頃は介助なしで歩けなくなり、デイサービスにも車イスを利用していました。

車イスは腰に負担がかからず、頭をしっかり支えるものを用意してもらいましたが、この車イスに座っている間も緊張が入ってしまうと、両腕を車イスの両脇に載せて、足を踏んばり、ものすごい力《ちから》でお尻を浮かせてブリッジを始めます。しばらくそのまま。

これを、何度も繰り返し、スタッフの皆さんも初めは驚くのでしたが、あまり回数を重ねると「あっ、また——」となります。その後スタッフの皆さんにはお手数をかけることになってしまいました。本当に感謝の思いでいっぱいです。

〈たびたび熱を出し、「胃ろう」を進められる〉

二〇一三年、秋頃からは、飲み込みにくさが日々増して、食べる量も減る一方でした。水分もトロミをつけたり、ゼリータイプを利用したりしました。体重もどんどん減って、訪問医の先生に栄養剤を処方していただきました。ですが、それすらもなかなか飲み込めず、ときどき、熱を出すようになりました。

誤嚥性肺炎を心配された先生から、体力があるうちにしてはどうかと「胃ろう」を勧められたのでした。

「胃ろう」は延命治療にあたるということで、世の中では賛否が分かれることを日々耳にしていましたので、私としては複雑な心境でした。

お兄さんに相談したところ、「胃ろうはしないほうがいいだろう」と言われました。これから先の介護のことを考えてのことだったようです。私は迷いました。本人の意志はどうなのだろうと聞いてみることにしました。

すると主人は、「胃ろうするよ」とほぼ即答でした。胃ろうをしないという選択は、余命宣告をされたのと同じだったのでしょう。

このときが、私が主人の「まだまだ頑張る」という意志を感じ、病気を受け入れ始めたときだったように思います。介護に専念する覚悟を決めたのです。

こうして、二〇一三年の一月末、「胃ろう」の手術をしました。

これからどういう介護になっていくのか、不安だらけでしたが、介護サービスの方々の支援もあることなので、なんとかなるだろうと思うことにしました。

三年目～食事や吸引の試行錯誤

一月三十一日、胃ろう造設の手術をしました。ボタン型であまり目立たなくて安心しました。一週間後くらいから、栄養剤の入れ方を教えていただき、退院しました。

〈「胃ろう」造設〉

一回あたり、ラコール三〇〇ｃｃを一時間かけて入れるのですが、そのスピードをうまく加減しないと途中で止まってしまったり早く流れたりするので、慣れるまで一ヶ月ほどかかりました。栄養剤のラコールは当初液体でしたが、その年の六月頃、半固形が出たので、それを注入することにしました。半固形タイプは、専用の注入器にて一袋三〇〇ｃｃを五、六分くらいで終了するので大幅に時間の短縮ができ、とても感激しました。液体と違い、見守る時間が少ないのが助かりました。

胃ろう造設当初は難題もありました。主人は、いっさい口から食べられず、それが、かなりストレスとなり、「そばを食わせろ、何か食わせろー」と言っては怒鳴っていました。かわいそうに思いましたが、心を鬼にして対処することに徹底しました。

訪問看護師さんに伺ってみると、「最初は口から食べるのと違って、食べたという実感がなく満足感がないそうですよ」とのこと。

口から少しでも食べられるといいのですが、主人の場合は誤嚥性肺炎のリスクが大きいので、「栄養剤のみのほうがいいですね」という主治医の先生からの指示にて全く食べることはできませんでした。

もう一つ、困ったことは、「胃ろう」を造ったことで、今まで行っていたデイサービスを変えることになったことです。受け入れができるところとできないところがあるそうで、介護に関しては知らないことばかりで、再認識させられました。

ケアマネのMさんからデイサービスの受け入れ先を紹介していただき、週四回になりました。

〈痰《たん》が多く、吸引器を使う〉

以前から、よだれが多く、唾液がたまっていましたが、痰も多く出るようになり、ケアマネージャーの勧めで吸引器を使い始めました。私は吸引をするのは初めてなので、訪問看護師さんに教えてもらうのですが、鼻からの吸引がなかなかうまくできません。見ていると、カテーテルをスムーズに鼻に挿入してほんの五、六秒で終了しています。教わった通りにしてやってみるのですが、難しいのです。慣れるそうですが、なかなかそうはいきません。まして、主人は苦しい表情をするので、何度も挿入することはためらわれ、少し時間を置いて様子をみながらやってみました。そのうちに慣れてはくるのですが、毎回毎回看護師さんのようにはいきません。

こんな状態ですが、看護師さんの手を借りながら二〇一七年五月に気管切開するまで、吸引は続くことになります。気管切開のあとは、鼻からの挿入も大幅に減るのでした。

〈ケアマネージャーの交代〉

病気が長くなってくると、介護サービスに関わってくださっている方々の事情も変わり、担当者の交代が出てきます。

五月に入ったある日のこと、ケアマネのMさんから、「今月いっぱいで退職することになりました」というお話があり、突然でびっくりし、ショックを受けました。ずっと関わってくれるものと勝手に思い込んでいましたから。

彼女もご自身の親の介護をするということでしたから、引きとめるわけにはいきません。

Mさんは次の担当者をすでに決めていて、あとは引き継ぎのみの状態だというのです。

担当者の交代は仕方のないことですが、新しい方との相性が一番心配されることです。どんな方なのか不安と期待が入り混じったままお会いしました。第一印象は、このお二人は全く対称的だなあということ。Mさんはおとなしくゆっくりお話を聞いてくださる人で、新しい方は（またMさんです）、ポンポンと歯切れよく、はっきりと話される方です。まあ、なんとかうまくやっていけるでしょうと思い、気持ちを切り換えることにしました。

担当者が代わって困ることは、病気の経緯について初めから話をしなければならないことです。もちろん引き継ぎ事項で伝えられているのですが、そのときどきにおいて細かい事情を説明しなくてはならず、伝え漏れも心配でした。まして、今度のMさんは「進行性核上性麻痺」をご存知ではない方でしたので。

今後、訪問診療の先生、看護師さんが代わることもあるのだろうかと不安にもなります。

〈友人たちの訪問〉

主人は、遊び仲間、仕事仲間が多く、たくさんの方が病状を心配してくださいました。診断を受けた直後から連絡をいただいたり、訪問してくださったりで楽しいひとときを過ごすことができました。

山登りのメンバーのお二人のうち、一人の方は片道二時間以上もかけていらしてくださり、最後に一緒に登ったときの様子も聞くことができました。急ぎ足になったり、片足を引きずったりし、転んでしまい、明らかに異常だったそうです。

また、主人の親友のFさんは、飲み仲間四人に声を掛けてお見舞いにいらしてくださいました。この頃は、胃ろうする前でしたので少し食べたり飲んだりできて、話もでき、楽しかったようです。皆さんほぼ同年齢で、入社当時からの話で盛り上がり、私は主人のいろいろな顔を知ることができました。また、飲み仲間の五人の方たちは、私の介護疲れを気づかってくださり、ランチ会に誘っていただきました。本当にうれしく思いました。

私たち夫婦は社内結婚でしたので、親友のFさんとは、私も結婚前からお世話になっていました。訪問してくださる方々も顔見知りの方が多く、若き日を懐かしく思い出しました。

Fさんは、その頃、近所に住んでいて、たびたび足を運んでくださいました。その後も、次々と友人たちを連れてきてくださって、主人も楽しいひとときを過ごせました。

その頃の主人の症状は徐々に進んできており、話すこともだんだんと減り、無表情になりつつありました。たくさんの方たちの訪問を機に、「少しでも話せるうちに他に会いたい人はいないのか」とたずねました。主人は「IさんとSさん」と言います。さっそく親友のFさんを通して連絡をとりました。後日、お会いすることができ、とてもうれしかったようです。

また、学生時代からの親友のSさんとは、家族ぐるみのおつき合いをしていましたので、ときどき奥さんと車で出向いてくださり、元気だった頃の話をして過ごしました。

主人は、多くの友人に恵まれています。皆さん今でも心配をしてくださっていることに感謝の念しかありません。

〈富士山五合目へ出かける〉

二〇一四年、九月下旬、富士山五合目へ出かけることになりました。

主人は山登りを長く続けており百名山踏破をめざしていましたが、あと少しのところで病気になってしまいました。いろいろやりたかったことがあった中、登山ができないということが一番の心残りなのかなと私は考えるようになっていました。

症状が進むにつれ、今後寝たきり状態になることも考えたうえで、今なら車イスで移動でき、少しは話もでき、「胃ろう」もだいぶ慣れてきているので、富士山五合目までの日帰りはどうかと考え始めました。

「富士山五合目まで行ってみる?」と主人にたずねましたところ、「行きたい」という返事。

さっそく計画を立て、友人のFさんとTさんのお二人に声を掛けてお誘いしましたら、快く承諾していただきました。

そして、Tさんからは、こんな提案がありました。Tさんのご実家が山梨で、高速道を下りてすぐということで、そちらで休憩をするというプランです。

九月に入っていましたが、日程が問題でした。訪問医の先生に伺ったら、十月に入る前のほうがいいでしょう、ということで、友人お二人のご都合を伺い、九月の二十日過ぎに行くことになりました。

当日は、あいにく曇りでしたが、主人の体調もよく、気分もいいらしく、いくぶん動きが軽快に感じました。介護タクシーの方もとても気さくな方で、主人も話ができました。

二時間余りで山梨へ。Tさんがおいしいうどん屋さんに連れていってくださって、私たちは昼食をとり、その後、Tさんのご実家で休ませてもらうことにしました。

そこで主人の栄養を入れて、一時間ほど落ち着くのを待ちました。Tさんのご実家には、お母様がお一人で暮らしていて、初対面の私たちを快く迎えてくださり、おいしいお茶をごちそうになりました。

私は田舎育ちなので、そのお宅がとても初めておじゃましたところとは思えず、懐かしい気分に浸りました。お母様にはいろいろとお心づかいをいただき、感謝の念にたえません。

それから富士山五合目をめざして車を走らせます。少しずつ登っていくと空気がひんやりとしてきました。

残念！　曇っていて景色はほとんど見えませんでしたが、さわやかな空気と賑やかな風景に、主人も懐かしさを感じたようです。外国人も多く来ていて、皆軽装なのには驚きです。九月下旬というのに短パンと半そで。上着がなくては寒いくらいなのですが。

あたりを散策し、一時間ほどで帰路につき、夕方五時過ぎ、無事に帰宅しました。皆さんにお礼を言い、主人をベッドに寝かせ、ほっとしました。その夜はゆっくり眠れたようです。

翌日、主人にたずねたら、行ってきてよかったとのこと。久しぶりの外出でしたので、うれしかったのでしょう。

私もひと安心でした。皆さんお疲れ様でした。ありがとうございました。

〈誤嚥性肺炎で入院、胆のう炎併発〉

富士山に行ってから一ヶ月後の十月末日、高熱を出し、緊急入院となりました。

季節の変わり目で注意はしていたのですが……。痰が多く、二日くらい高熱が続き、訪問医の先生から肺炎の疑いがあるとのことで入院を勧められました。

翌日、介護タクシーでS病院の神経内科へ入院。やはり誤嚥性肺炎でしたが、この肺炎がなかなか良くならず、四十日も入院することになるのでした。

一ヶ月寝たきり状態で、リハビリもなく過ごしていると、体重は減る一方ですし、この先立って歩くことができるのか、とても不安でした。

入院して二十日過ぎた頃、突然、担当の先生から携帯に電話が入りました。「胆のう炎」の症状が見られ、緊急手術をしたいというのです。このとき私は病院に向かう電車の中でしたので、そのまま急いで行きました。

病院に到着すると、別の担当医がすぐさま画像を見ながら説明し、これから手術したいのですがと言われました。その日は金曜日の午後の早い時間で、土、日は先生が留守になるそうで急いでいました。

なかなか肺炎が良くならないので検査をしてくださったようです。承諾し、すぐに手術となりました。おなかの横から管を通し、うみを出すのですが、その管を見ると、この先いつ退院できるのか、体力的にもどうなってしまうのか不安だらけでした。

手術をしてからは、思いのほか回復が早く、一週間くらいのリハビリで動けるようになり、やっとのことで退院できました。

今後、緊急入院が予想される病気のため、先生からは、今後の治療をどこまで希望するのか家族で話し合ってくださいとのお話がありました。

改めて、難病であることの再認識をさせられたのでした。

四年目～発熱、うなり声

〈デイサービスと体温調整〉

二〇一五年は、胃ろうも落ち着き、肺炎のほうも収まったように見えました。

夜中に高熱を出すのですが、翌日には下がり、デイサービスへ出かけるというようなことが続いていました。「今日、デイサービス休む？」と聞くと「行く」と言うので、行かせました。体調があまりすぐれなかったのですが、やはり午後には熱がぶり返し、早めに帰されるのです。スタッフの方二人でベッドまで運んでくださり、氷を用意して冷やすことに。訪問医の先生にも診ていただき、下剤と抗生物質を処方していただきます。

三、四日で落ち着くのですが、訪問医の先生によると、体温の調整ができなくなっているのでしょうということでした。

言われてみれば、夜中に大量の汗をかいてパジャマ、シャツ、シーツまでびっしょりなのです。まるで、運動をしたあとのようにです。この頃から、大量の汗をかくことが多くなりました。それに伴って筋緊張も増してきており、夜中の着替えは大変なものでした。

まず、あたためたタオルを三本用意します。パジャマを脱がせようにも、腕がすぐには曲がらず、屈伸運動を左右数回行って少しでも力を抜いてもらい、やっとのことで脱がせるのです。そして、タオルで体をふいて新しいパジャマを着せます。そして、最後にシーツの取り替えをし、すべて終わるのに三〇分から四〇分もかかり、私はくたくたでした。

病気が進んでくると、自分で歩くことができなくなるのですが、筋肉の緊張がどんどん増して、体位交換時は大変な労力を使うことになります。この頃から私は腱鞘炎が始まりました。

ですが、意外にもひどくはならず、治まったかなと思うとときどき出現する程度でした。

幸いにも腰を痛めることもほぼなく（初めの頃は注意をしつつ）現在に至っています。

〈ショートステイの利用〉

デイサービスと併行して同じ施設でショートステイをお願いしていました。

ショートステイでは、理学療法士さんにリハビリを行ってもらい、筋緊張の緩和や歩行の練習をお願いしていました。

十日間のショートステイ中の私は、ほとんど様子を見に行くことはありません。帰りに、看護師さん、理学療法士さんからのお手紙にて内容を把握していました。

ところが、ある朝七時前に突然の電話、「呼吸が苦しそうで様子がおかしい」とのこと。朝、看護師さんが気づいたら枕に顔を押しつけて寝ていたそうです。施設の担当医は八時に来るので、今いないとのこと。

「えっ」と驚いてすぐに向かいました。着いたら少し落ち着いていたのでほっとしました。それから担当の先生に診ていただき、「大丈夫ですね」ということで帰ってきました。

施設に預けるということは、そういうリスクもあるということを実感しました。必ずしも安全が確保されるわけではなく、スタッフの目の届かない時間というものもあるのです。

〈ベッドの入れ替えを行う〉

二〇一五年の十一月に、ケアマネージャーMさんからの提案で、ベッドの入れ替えをすることになりました。

新しいベッドは、背中を上げるときにベッド全体が傾いて足先が下がり、体への負担が少なく、床ずれリスクの高い仙骨部の負担が軽減されるというものでした。

同時にエアーマットも入れ替え、「背上げモード」「リハビリモード」「強力除湿」「自動体位変換」などが備わり、体圧力の分散が考慮されたものでした。その中でも除湿と自動体位変換はボタンひとつでできるので、とても感激しました。本人にとっては、左右の傾きがきつく寝ごこちがいいとは思っていないようでした。顔の表情が、いやだなあと言っているようなのです。実際、私も入れ替え時に傾き加減を体験してみましたが、結構な傾きがあり驚きました。ですがこれらを利用することのほうが本人にも介護者にもメリットがあることを納得し、現在に至っています。なにより床ずれがなく、これまで過ごせていることがうれしいです。

〈うなり声と吸引と言語聴覚士〉

診断を受けてから三、四年が経過して、話す言葉も片言となりつつありました。主人も何かを伝えたい、話したいと思うのでしょうが言葉が出てきません。

そんな時期に「うなり声」を昼夜問わず上げるようになりました。私が耳ざわりに思い始めたときはかなりの騒音となっていて、よく「静かにして」と言っていました。なにしろ夜中も声が続き、時にかん高く聞こえるのです。

痰が出て苦しいのかなと思って吸引をするのですが、それほどでもありません。しばらくすると、また始まり、吸引するの繰り返し。

その頃すでに言語聴覚士さんが入っていて、口腔マッサージ、嚥下体操、構音訓練などを行っていました。

頸部後屈し、姿勢が悪くなったので誤嚥のリスクも大きいということでした。痰がらみと唾液が多く、ときどきむせ、飲み込む力はかなり弱くなってきているようでした。

言語聴覚士さんによる言葉の訓練も行いましたが、そのときはできても、訓練が終わるとなかなか話せません。

うなり声が続く一方で、唾液による誤嚥の頻度も高くなり、吸引の回数も日々増えていきました。

〈理学療法士によるリハビリと階段の昇《のぼ》り降《お》り〉

この病気は、リハビリが欠かせません。頸肩部《けいけん》の緊張は強くなる一方ですし、それに伴って全身筋緊張が増してくるので、絶《た》えず基本動作ができるよう進めていく必要があります。

この頃は、デイサービスで週三回のリハビリをお願いし、自宅で一回のリハビリをしていました。介助を伴っての歩行訓練が主で、自宅の玄関ドアを出て門扉まで八段の階段があります。手すりにつかまってこの階段を昇り降りできるように、少しでも長く続けられるようにと頑張っていました。階段は一段一段が少し高く、四段降りると踊り場になっており、さらに四段降りて門扉へと至ります。

この階段を昇り降りできなくなったらどうしようかと考え始めていました。車イスを利用すると、移動用のスロープを設置できるのかどうか、コンクリートのスロープを設置すべきか、心配事は次々に出てくるのでした。

身体障害者になった頃、これらのことをケアマネージャーさんに相談してみたら、福祉用具をお願いしている担当の方に連絡し、「階段を昇ったり降りたり出来る車イスがあるので試してみましょう」ということになりました。後日、スタッフの方に教わりながら、手伝っていただき試しました。が、少々恐いです。乗っている人も車イスを動かす人も。これを利用するとなると、スタッフの方の付き添いが必要とのことで、お試しで終わりました。

福祉用具も日々、進化していることを改めて実感しました。

その後、気管切開をする前までは、なんとか階段も介助してもらいながら昇り降りしてましたが、気管切開の後は、できなくなり、介護タクシーの方、お二人での介助にて、普通の車イスを利用し、階段を降ろしてもらい、それから、リクライニング式車イスに移動し介護タクシーにて移動することになりました。

五年目～誤嚥性肺炎で気管切開

〈高熱が出て緊急入院〉

この年になって五ヶ月くらいは、ときどき夜に熱が出ても朝になると平熱に戻り、デイサービスに通うことができていました。

ある日の朝、主人を送り出し、ほっと一息ついての昼下がり、介護老人保健施設より電話があり、「熱があるので、今から帰したい」とのことでした。

しばらくして、スタッフお二人で送って来てくださり、主人は真っ赤な顔をしていましたので三十九度はありそうだと直感しました。スタッフの方たちはベッドまで運んで寝かせるとすぐに氷で冷やしてくださり、実に手際のよい対応でした。

その後、訪問看護師のSさんに連絡を入れ、まもなく来ていただきました。看護師さんもすぐ訪問医の先生に連絡をして症状を伝えていました。ですが、訪問医の先生は診てくれることもなく、入院の指示をしたのでした。私としては、すぐにでも診てほしいと思いましたが、先生のご都合もあるでしょうし仕方ないですね。今後の緊急時を考えると少々残念な気持ちが残りました。

看護師さんが救急車の手配をし、私は急いで荷物をまとめ、出る用意をしました。私は救急車が初めてなので、到着後すぐに運んでくれるだろうと勝手に思っていました。しかし、家に救急車が来ると、聞き取りやら、受け入れ病院との連絡などで時間がかかりました。S病院の担当医H先生から、緊急時は受け入れてくれると聞いていましたので救急隊員の方にそれを伝えると、「遠いですねー」と言われてしまいました。私は今までの経緯を手短に説明して、S病院に向かってもらうようにしました。実際、自宅からS病院まで、介護タクシーでも一時間はかかる距離です。

三十六分かかって到着しました。救急車はもっと速く運んでくれるイメージでしたが、なかなかそうはいかないのですね。

病院に到着してから担当の先生が診てくださり、誤嚥性肺炎で「気管切開」を勧められました。

二、三ヶ月前から痰が多くなり、頻繁に吸引をしてはいたのですが、なかなか鼻からうまく引けなくて一回には取り切れない様子でした。訪問看護師さんから「体を横にして背中をポンポンと軽くたたくといいですよ」と教わり、やってみました。すると本当に痰が引きやすくなるのです。けれど、少しするとまた、ゼロゼロと始まり、肺の機能も限界だったのかもしれません。

先生によると、気道を確保するために「気管切開」をし、「カニューレ」を押し入れると痰も引きやすくなるとのことでした。あまり考えることもせず、私は「お願いします」と答えていました。近い将来、こうなるであろうと思っていたこともあります。

主人の顔は赤くほてり、とても苦しそうな表情でした。一応処置をしていただき、翌日には少し落ち着いたので安心しました。様子を見て、一週間後に「気管切開」の手術をすることになりました。

〈延命治療と三つのポイント〉

手術は短時間で済みましたが、主人は「声」を失うことになりました。
胃ろうの手術や今回の気管切開と、体にいろいろな装置をつけていくことがいいのだろうか。この先にあるのは「人工呼吸器」なのだろうし……。ふと迷いが頭に浮かぶのでした。

この頃、メディアでは「延命」について語られることが多くなってきており、「胃ろう」についても延命治療であることから良し悪しが議論されています。これらを見聞きすると、私も心が揺れ動くのでした。

「胃ろう」については主人の意志もあり、すぐ決めましたが、今回の「気管切開」については、私が決めてしまいました。主人の様子を見ていると、「まだまだ頑張るぞ」という意思表示が感じられるのです。これは、よく家族が思う、どんな状態でも生きていてほしいというのとも少し違うのですが……。

それは担当医をS病院に代えたときのこと、H先生がおっしゃいました。

「この病気は、三つのことをうまく続けていければ長く生きられる病気です」と。

ひとつめは「本人の生命力」、ふたつめは「介護する人の体力の問題」、三つ目は「介護サービスをうまく利用していくこと」。

あっ、そうなんだと心に響いたのです。その中でも「介護」の言葉がズキンときました。その頃私は仕事をしていましたので、いずれは介護に専念しなければならないと決めていました。

「進行性核上性麻痺」は、寿命が十年に満たないのが現状です。それならば、その十年の壁に挑戦してみようという思いがありました。主人の強い意志もあり、後押ししてくれているように思います。

「胃ろう」に「気管切開」となり、介護者にとっては、どんどん手がかかることになり、おまけに、睡眠時間が削られ、体力勝負というところです。

五十五日間の入院の間に、私はこれからの介護計画を介護サービスの方と相談し、決めていくことになりました。


「気管切開」をしてからの入院は、主人にとって、とても苦痛なものだったようです。手袋をはめられ、ベッドの柵にしばられて、完全に自由を奪われました。なんともかわいそうですが、手は管をはずす危険があるので仕方のないことでした。ものすごい力で引っ張り、腕を動かそうとしてはあきらめるということを繰り返すのです。

このときの抑制によって、両手の指の関節が少し硬直し始めました。私が行くとミトンをはずしてマッサージをするのですが、指先をまっすぐに伸ばそうとすると顔をゆがめ、痛そうにするのです。このときから徐々に第一関節、第二関節と硬直が一気に進むことになりました。

理学療法士のIさんのお話では、ほぐして二、三十分もすると硬直が始まるそうです。そんなに早いものなのかと驚きでした。

また、入院が長引いたのは、肺炎による菌がなかなか取れなかったためで、長いこと寝たきり状態となり、体力の消耗が心配されました。この先、歩行のリハビリが可能なのだろうかと不安でした。

入院をして一ヶ月を過ぎた頃から、いろいろな管がはずされ、ミトンもなくなりました。

そして、退院に向けてのリハビリを開始してからすぐのこと、なんとか座位を保ち、介助による歩行もできるようになりました。そんな中で私は、看護師さんから痰の引き方を教わりました。

気管切開口に「カニューレ」という管が入っているので、そこから吸引するのですが、今までより数段楽なものでした。同時に、少なからず、口とか鼻からも吸引は必要とのことでした。

〈退院前のカンファレンス〉

五〇日を過ぎ、退院の日も近づいた頃、カンファレンスが開かれ、今後の自宅療養に向けての話し合いをしました。ケアマネージャーさんや訪問看護師さんも出向いてくださいました。

そんな中、先生から、「唾液が多いので『持続吸引器』をつけたほうがいい」とのことで、すぐに手配していただきました。

また私は、入院中にソーシャルワーカーのSさんに退院後のことを相談していました。自宅に戻ってからのデイサービス、ショートステイができるのかどうか、無理なら「レスパイト入院」ということで、どこか受け入れ先はあるのかどうかという点です。「レスパイト入院」とは、在宅介護をしている介護者の事情により一時的に介護が難しい場合に入院することだそうです。初めて耳にする言葉でした。

胃ろうを造ったり、気管切開をしたりすると、デイサービスなどの受け入れは難しい様子。そんな中で、ソーシャルワーカーさんが自宅近くのふたつの病院を探してくださり、「レスパイト入院」という形であとは私のほうで動き、病院のお話を伺い、決めることとなりました。

初めに連絡をした病院では、看護師さんの手が足りていないとのことで断られました。ふたつ目の病院では、相談員の方の話し方がとても快く感じられました。ソーシャルワーカーのSさんが事前に連絡してくださっていたので、相談員の方はすぐ、担当となるであろう先生にお話を通し、その先生から承諾を得ているとのことでした。

ほっとした瞬間でした。聞くところによると相談員の方は元看護師さんで、こちらのケアマネージャーさんと以前一緒に働いていたそうです。そういうこともあるのですね。

私は介護するにあたり常に、完璧すぎず、自分が楽な方法をとるように心がけています。年数を重ね、長くなると介護も限界を迎えることを日々考えながらのことです。初めの頃は、すべてに完璧さを求めていたように思います。主人が介助なしで歩けなくなった頃に症状は落ち着き、その反面、介護の時間は長くなるのだろうと思い、それなら毎月レスパイト入院をしてもらい（月に二週間）、私の体力維持をしたほうがいいと思いました。

レスパイト入院先の担当のN先生も快く承諾してくださったことが、私にはこのうえなく幸いなことでした。

そして、訪問入浴を週二回、訪問リハビリを週四回、訪問看護師週二回、言語聴覚士週一回、訪問マッサージ週一回と、一週間がうまりました。さらに、訪問医の先生が月二回いらして「カニューレ」の交換をすることになりました。

忙しい二週間を自宅で過ごし、二週間は病院での生活ということになりました。

〈訪問診療医の変更〉

気管切開に伴って、「カニューレ」の管の交換が、二週間に一回必要になり、今まで診てくださった先生に引き続きお願いをしていましたが、先生のご都合で月二回の「カニューレ」交換ができないということで、ケアマネージャー、訪問看護師さんと相談のうえ、訪問医の変更をすることにしました。

すでに候補の先生がいるということで、退院の翌月からお願いしました。今までの先生と比べてはいけないのですが、新しい担当医は患者（主人）に対してとてもやさしく接してくださり、安堵感を覚えました。

介護サービスを利用するにあたり、担当者が代わることはよくあることです。その担当者と相性が合わないこともあることです。そんなときは、我慢しないで代えることも必要だということを学びました。

六年目〜レスパイト入院

〈レスパイト入院〉

気管切開をしてから介護老人施設から病院へ移っての「レスパイト入院」は初めてのことであり、主人にとっては不安も多かったことと推察されました。なぜなら、主人にとっての病院は、今までの度々の入院で苦痛しかない場所となっているはずなのですから。まして声が出なくなり、意志表示がうまくできるか心配でしたが、なんとか手を上下させて、伝えていました。

そして、担当の先生とお話しをして、二週間の間、できるだけリハビリを多くしてほしいとお願いし、快く承諾してくださいました。

何かあったときにはすぐ対応してくださるので、私にとっては幸いなこととなりました。入院初日にはレントゲン等々の検査もあり、現在の状態も把握でき安心です。

レスパイト入院は、毎月決まって二週間で、お部屋は三人部屋をお願いしています。その三人部屋にはアーム式のテレビが備わっており、主人には最適な場所でした。

その頃、主人の症状は自分で横向きはできないし、手や腕を伸ばすこともできません。眼はほとんど直視した状態で、ベッド上では天井しか見えません。アーム式のテレビがあることにより、寝たまま見ることができます。

以前からテレビ好きの主人にとっては、うれしいことでした。今までどこの病院にしろ備わっていなかったので、これを見たときは私のほうが感激でした。リハビリ以外寝ていますので、いい刺激となっています。

相撲、野球など、看護師さんにお願いしてチャンネルを合わせていただき、見ているようです。

様子を見に行くと、目をぱっちり開いて画面をしっかり見ています。

その後、自宅でもアーム式テレビを購入し、ベッド上で見ることができるようになりました。あまり長くは見ていないようで、疲れると目を閉じては音声を聴いています。朝は、主にラジオをつけているので聞き入っているようです。

また、歌謡曲のCDを聴いたり、ほぼ寝たきりの毎日、何かひとつでも楽しみができ嬉しいですね。そして、「今日は野球中継あるけど見る？」と聞くと、手をほんの少し上げては、意志表示するようになりました。

〈皮膚トラブルの発症〉

この年の五月頃から皮膚に湿疹が出始めました。手の甲、腕、足全体、顔など、あっという間に至るところに現れました。褥瘡（床ずれ）も心配になってきました。体が不自由になると同時に皮膚も弱くなり、細菌やら、かびに冒されるのだそうです。

特に、左耳の柔らかい部分はジクジクとなり、うみを出し、手の甲は血でにじみ、ひどいものでした。手はかゆかったようで、シーツに押しつけてこすっていたようでした。シーツも赤く染まっていました。足は特に足首のあたりがひどく、あちこちが赤くにじんでいて、あまりのひどさにショックを受けました。

それから皮膚にぬり薬が処方されました。部位によって薬が違い、塗る回数も違っていますので、負担が増えました。主人の筋緊張があることによって、一ヵ所に薬を塗るのに、ひと苦労するのでした。なにしろ、一秒とて同じ姿勢を保てないので、片手で支えてもう一方の手で、すばやく塗るのです。

顔を横向きにしようとしても、すぐ戻ってしまうし、初めの頃はとても疲れました。

湿疹は、やっかいなもので、一度できると徐々に良くはなるのですが、完全に消えることはありません。主人は、五月頃から出始めて、十ヶ月近くかかりきれいになったなあと思っていたら、また、あちこちに出ては、一年以上経ちました。

現在もぬり薬を使っています。

その頃、前述の「褥瘡」が気になり始めました。少し赤い部分が広がりつつあったので、すぐ訪問医の先生に診ていただき、早めの処方にて大事には至りませんでしたが、体が弱ってきていることを改めて認識しました。

〈尿路感染症〉

十月のレスパイト入院中に、熱を出して点滴をしていました。私は「点滴、どうしたの？」と不安に思っていましたら、先生からお話を伺い、落ち込みました。熱は「尿路感染症」からきているもので、尿が常に残っている状態で細菌が確認されるということを、画像を通して詳しく説明していただきました。「カテーテル」を入れたほうがいいということも……。

病気が長くなってくると、毎年何かしら症状が出てきては不安が募り、徐々に弱ってきているのだという認識を改めて持たなくてはいけない、良くなることはないのだからと思いました。

このときは、なんとかお薬で様子を見ることになりました。

十二月に入って急に高い熱を出し、私はあわてました。十二月も半ばを過ぎ、今年は入院しなくて済んでよかったと思っていましたが、そうはいきませんでした。毎日様子を見ていても、体内で起こっている変化には気づかずいることが残念でなりません。

その日午前に訪問医の先生が診てくださったばかりで、午後にお昼の栄養を入れて二、三時間してから顔が赤いことに気づき、熱を測ったら三十八度ありました。すぐに冷やし様子を見ていましたが心配になり、訪問看護師のSさんに連絡を入れました。座薬を入れて様子を見てくださいとのことでした。それから少し落ち着いたので、夕方に栄養を入れたのです。が、一時間後、口をもぐもぐし始め、栄養を吹き出したのでした。

すぐに緊急にて看護師さんを呼んで処置をしていただき、座薬を入れて様子を見ましょうということになりました。その晩は何度も熱を測りました。なかなか下がらず、三十九度まで上がり、とても心配でしたが、翌日、訪問医の先生がすぐ来てくださり、「尿路感染症」の処置をしてくださいました。

「尿路感染症」については、訪問医の先生にすでに伝えていましたので、すぐ検査をしてくださり、高熱の原因だということで対応していただきました。

この時は「カテーテル」を挿入して尿を出すことになりました。不慣れなことが増えていくことになり、私はとても残念でした。

次の日は、レスパイト入院の予約をしていましたので少し熱がある状態のまま、入院となってしまいました。担当医の先生には、できれば「カテーテル」をはずしてほしい旨を伝え、お薬のみでお願いをしました。なぜかというと、リハビリを続けるのに、少しでも歩ける状態にさせたいという思いがあったからです。

それから、暮れの十二月二十六日に退院でき、自宅でお正月を迎えることができました。薬の種類が増え、カテーテルも取れて、ひとまず安心しました。

七年目～精一杯、今できることを

〈S病院で緊張緩和の薬を試す〉

二〇一八年三月、二ヶ月に一度診察に行く病院のほうに、「レスパイト入院」をすることになりました。

「胃ろう」のボタン交換と、H先生からのお話で、緊張を緩和するお薬を試してみたいということで二週間入院しました。

主人は、相変わらず筋緊張が強く、介護する側としてはとても大変です。本人もいつも体に力《ちから》が入っているので、かなり疲れるのでしょう。少しでも楽になることを願って二週間待つことにしました。

退院間近の頃、H先生とお話の時間を持つことができました。先生は、「この病気は介護する人の体力が重要だ」とおっしゃいます。もちろん医療は医師が関わり、平行して介護があるわけで、この関係をどこまで続けられるかが大事だと――。身にしみる言葉でした。

そして、私は質問してみました。

「先生の目から見て現在どんな状態ですか」

先生はおっしゃいました。

「まだまだ大丈夫よ――」と。

私は、安心（大丈夫なんだ）と、不安（いつまで続くの……）が混じり、複雑でした。ですが、安心のほうが大きかったことで、これからまた新たな気持ちで前向きに介護することを決めました。まずは、主人が東京オリンピックを見ることを目標にします。

先の見えない介護は、体力と忍耐と気力も必要です。時には心が折れてしまうこともあります。その折れた心を少しずつ立て直らせて……の繰り返し。いつまで続くのか、先の見えないことへの葛藤。これらをどのようにうまくつなげていけるのかが課題です。

〈帰宅して変化に気づく〉

二〇一八年四月二日にS病院を退院しました。

主人はどのように変わったのだろうかと、私はワクワクしながら帰宅しました。見た目には何も分かりません。ですが、手を触ってみたら、今までにない柔らかさです。驚きました。薬によるものですが、こんなにも違うんだと。

頸部の緊張はあまり変わりませんが、手や指、腕、足に関しては、以前の半分くらいは緩《ゆる》くなっていました。

それに伴って別の心配も頭をよぎりました。リハビリができるだろうか、歩行は可能なのだろうかというものです。理学療法士さんの訪問を待つことにしました。水曜日のいつもの時間、歩行を試してくださいましたが、足に力《ちから》が入らないようで、何度か試みましたが無理でした。今まで緊張の力を利用して歩いていたので、その力を緩めたことにより身体全体が柔らかくなっていました。

これからのリハビリを理学療法士さんと相談しながら進めることにしました。ベッドサイドに座り、そこで少しでも立っていられるようにし、二、三歩でも介助してもらうことにしました。

その後、H先生にお薬の減量をお伺いしてみましたら、「いいですよ」とのことで、現在はほんの少し力が入るようになりました。

〈これからの介護について〉

二〇一八年四月から介護保険法の改正もあり、利用者側にとって何かしら影響があるのだろうかと心配しながら、不安を抱きながら、介護は続いています。

しかしながら、関わってくださっている先生を始め、レスパイト入院を受け入れてくださっている病院の看護の方々、そして、介護サービスの多くの方々の援助によって、これまで過ごせています。皆さんには本当に感謝しております。

そして、なによりも介護する私が、元気でいなければなりません。そのためにも、レスパイト入院を続けて、私自身の負担を軽くしていくことが、主人の病気につき合っていくのに必要なことだと思っています。

悔いの残らない介護なんてあるのだろうか、人間はいつも後悔をしてしまうものです。そんなことが、頭の隅に居座《いすわ》っている毎日なのですが、今できることをするしかないのだと割り切って、前に進むしかありません。

おわりに

「進行性核上性麻痺とはどんな病気？」という状態から始まって七年余り。書き切れないことばかりで、本当にいろいろなことがありました。

この神経難病の大変さは、確定診断前の段階から家族が常に見守り、日常生活を続けなければならないことです。特に転倒に細心の注意を払いながらです。

そして、介護者は体力的、精神的に疲れ果てます。症状が進行するにつれ歩けなくなってくると、介護者の負担もかなり軽減されていきます。

八年間の介護を振り返ってみると、当初は「介護は無理、私には――」という観念がありました。それが、確定診断後からは徐々に、私がやらなければならないのだろう――、と考えるようになっていきました。

そして、「胃ろう」をするまでの間は、私は昼は仕事に集中し、介護のことは考えないようにし、帰宅してからは、家事と主人の身の回りのことをするようにしました。

仕事をしていたおかげで、落ち込んでいる時間もなく私は助かりました。帰宅後からは動きまわり、時には夜中まで洗濯に追われ、睡眠時間もとれない状態でした。

が、二人の娘たちに、ときどき家事を手伝ってもらいながら、二年余り気力だけで頑張っていました。

そして、「胃ろう」をする一ヶ月前に仕事を辞め、「介護」をすることにしました。仕事をしながらの介護は、限界にきていました。いろいろな手続き、介護認定、病院の受診などなどでたびたび休みをとらなければならないし、「胃ろう」に時間もとられることになります。

「介護」の問題が多く取り上げられている中、介護に疲れて人生に終止符を打つ人がいますが、少なからず共感を覚えることもありました。長期に及ぶ介護に心身共に疲れはて、先が見えない現実に押しつぶされていき、経済的負担も合わせてのしかかってくる。

「介護」は大変な「仕事」です。

そんな中、介護をしながら私はたくさんのことを学び知ることができました。他にもなんと多くの難病があることか。そして、病気で苦しんでいる方々の存在を知りました。


これからの介護を考えたとき、私は、「あまり頑張らない介護」をやっていこうと心に決めました。試行錯誤しながら。そこで毎月二週間は、病院での「レスパイト入院」をお願いし、その間に私自身の充電期間をとり、また次の二週間へと体力を温存するのです。

介護する者にとって、「いつまで――」という先が見えないことが一番つらいですね。

そんな中でも、何か目標を持っていたいと思うのです。当初は、「主人が七十歳までは頑張ろう」、今は「東京オリンピックを見せてあげよう」と思っています。

そして、これから先、「進行性核上性麻痺」で苦しんでいる皆さんの手助けを少しでもしていきたいと考えています。

著者プロフィール

大橋 悦子（おおはし えつこ）

1954年、岩手県生まれ。
18年間仕事に従事。
2014年から介護に専念。
神奈川県在住。

私の介護八年 —死に至る病との闘い、そして介護する側の想いとは—

2019年１月15日　初版第１刷発行

著　者　大橋 悦子
発行者　瓜谷 綱延
発行所　株式会社文芸社
〒160-0022　東京都新宿区新宿１－10－１
電話　03-5369-3060（代表）
03-5369-2299（販売）

印刷所　株式会社平河工業社

ISBN978-4-286-20167-2